Uma Lua em Paris

M A AMARAL REZENDE

Uma Lua em Paris

Ilustrações
ISABELLA CABRAL

Ateliê Editorial

Uma Lua em Paris
Copyright © Marco Antonio Amaral Rezende, 1997
Ilustrações
Copyright © Isabella Cabral, 1997

Capa: Isabella Cabral

Composição: Jacqueline Lopasso
Revisão: Regina Azevedo
Produção: Lia Jacob

Dados Internacionais de Catalogação na Publicação (CIP)
(Câmara Brasileiro do Livro, SP, Brasil)

Rezende, M. A. Amaral, 1950-
    Uma Lua em Paris / M. A. Amaral Rezende, São Paulo:
Ateliê Editorial, 1996
    ISBN 85-85851-17-1

    1. Romance brasileiro I. Título

96-3879   CDD-869.935

Índice para catálogo sistemático:
1. Romances: Século 20: Literatura brasileira / 869.935
2. Século 20: Romances: Literatura brasileira / 869.935

Direitos desta edição reservados a
Ateliê Editorial
Alameda Cassaquera, 982
09560-101 São Caetano do Sul - Brasil
Telefax (011) 4220 4896

Fotolitos: LogSet Editora e Computação Gráfica Ltda.

Impresso no Brasil 1997

Ao Tempo

in memorian
Maurice Roche

Pensar de lieis m'es respaus

A. DANIEL

I

Não havia, nem houve, sinal mais algum. Ao sair, ela os carregara, em apenas duas ou três passagens. Nem deixara as chaves. Porém, não eliminava seus restos, por mais que tentasse. Por toda a casa, se quisesse ver, seus rastos se exibiam nas coisas, mesmo naquelas que nunca tocara. Eram as comuns, as que qualquer mulher deixa, ainda que não queira ser cruel, antes e depois. Antes, para entrar. Depois, para sair. Quando vem, te abre, quase até separar em pedaços, mais que invade, te ocupa por inteiro. Não há como resistir, o lugar da mulher é sem limites. Quando ela existe, você não mais, nem como sobra. Quando sai, se esvai ou se carrega, também por completo.

Como antes de aparecer, se torna desconhecida. Invisível, seus sinais de vida simplesmente somem. Também se eliminam aqueles da própria vida. Ao mesmo tempo, hábil, para que você não a execute no vazio da memória, vácuo sem tempo, ela deixa marcas que não se apagam. É por aí que a luta contra a dor começa, pelo inútil esforço de apagá-las, mesmo sabendo impossível.

....

Sem pistas para seguir, este livro se escreverá no vazio, nulo como ela. Se perderá em um labirinto de imagens da mentira, sem nenhum de nós, apenas falsas, coloridas, às vezes, para melhor enganarem.

II

Não há nada mais banal que uma semana em Paris.

....

Banal é o que se obriga a um mortal qualquer, em troca de paga, algo qualquer também, mais que vulgar, trivial ou de uso corrente, corriqueiro. E que é sempre do outro. Assim foi, mais que comum, aquela semana, como qualquer outra com ela, não me pertencera. Ela me roubara, me arrancara de seu tempo, do tempo em si, antes de partirmos. Ela foi como quem iria desistir na última hora, já na sala de espera, minutos antes do embarque. Se foi é porque me sabia largado atrás, sem saber de seu rumo.

III

Usar um nome como Paris parece antigo, fácil, mas serve, ajuda em muito. É vulgar bastante para não designar nada, nem onde, nem quando, nem o porquê de tanta raiva.

....

Sem ela, se não viesse, seria, com certeza, diferente. Como veio, me extraía do lugar e dos dias. Ali, me tornava uma transparência, nem espectro era, sabia me mostrar como um invisível, para qualquer um, a começar por mim mesmo. Já que ela não me via, ninguém mais seria capaz. Se algo olhava, seria para congelar em seus desenhos, os que me excluíam. Sem ela, teria o lugar e os dias, aquela semana não seria o que foi, superfície opaca, negra, cópia perfeita da recusa.

....

Capaz, ela bem que foi. Melhor que as outras, se não sei mais em quê, de algo menos ridículo, foi bem capaz de me largar de mim mesmo. Exibida, por se mostrar a mais, me obrigava a carregar o desejo, aquele de bicho atrás de fêmea no cio. Sem limite algum, um animal que brigaria até a morte, tudo em troca de uma estocada de quadril, por instinto, por puro vício de raça, milenar.

No mínimo, não seria desprezível, nem humilhante, como foi. Se viesse sem ela, só ou com qualquer outra, não conviveria, hoje, com esta mistura de desgosto e remorso, imensa e irremediável.

Anos depois, ainda me enoja o desespero de não saber escapar do vácuo dos dias e das noites daquela viagem.

IV

Antes de partir, o cansaço, coisa de não suportar nem mais sabia o quê, em nível jamais conhecido, me arriscava à parada final. Se resistia era porque devia acreditar que a viagem aconteceria.

....

Sem ela, a mudança de lugar me recuperaria. A excitação de estar ali substituiria o cansaço. Sempre foi assim. Após as chegadas, em poucas horas, esquecia qualquer inércia, até a minha própria, como se me livrasse de mim mesmo. Entrava em ritmo de movimento, animado e curioso, à caça de tudo, tudo mesmo, até das mulheres, novas ou conhecidas, valia tudo. Sem ela, dormiria o mínimo necessário, ansioso para ter o tempo. Bastaria, nos primeiros dias, dormir o suficiente para compensar o cansaço daqueles meses anteriores, sem sono, decomposto pelo ritmo das coisas dela.

......

Sem ela, a falta de sono se compensaria em dois ou três dias. Mesmo nestes, não acordaria tarde. Sairia logo da cama. Não esperaria que me trouxessem o café no quarto. Iria a um bar na rua, cada dia em um, nunca no mesmo. A pressa não me deixaria sentar. Haveria muito o que fazer. Paris nunca se deixara ser uma cidade comum. Sempre me exigira ao máximo. Tentaria não perder um segundo sequer. Seria fácil, a cidade nunca admitira perda de tempo algum. Sempre confundira a vida e a morte. Lá vivia mais do passado que do presente. Me dispensava de qualquer esforço para suportar o dia que atravessava. Bastava me entregar ao eco dos dias anteriores, meus e dos outros, ao cruel prazer de me sentar fora do tempo e vê-lo consumir a vida dos outros.

....

Hoje, se revejo aqueles dias, sem contar as imagens que ela esqueceu comigo, chego a duvidar se houve viagem alguma. Para esquecê-la com perfeição, falta apenas a morte, de qualquer um de nós.

V

Gostava de supor que as coisas, na viagem, teriam algum mistério, seriam enigmáticas. Podiam ser claras e fáceis. Mas, para mim, pelo menos seriam difíceis. Eu empurraria ou puxaria, dependendo da posição. Ela viveria seu arrasto. Em cada movimento, indicava que não haveria um movimento seguinte, era o final. Chegava a pensar que nunca houvera nem o gesto anterior, como se nada acontecesse com ela.

VI

Aqui, para continuar a contar a viagem, sinto falta de seu nome. Perdeu-se entre todos os outros nomes daquela época. Misturam-se em uma massa informe de adjetivos e substantivos. O dela se negava, se recusava a que eu o gravasse, não importa onde. Ainda hoje, continua desaparecido.

VII

Seu arrasto se interrompeu assim que chegamos, de volta, no aeroporto, junto à fila de espera do táxi. Moveu-se para sair fora da história. É o único momento que me sobrevive, cruel ou sarcástico.

......

Tudo que soube sobre ela, depois, é que se divertia no café da manhã. Dizia que entrara em outro ritmo, o que me irritava, o de se divertir, à caça de pessoas novas.

VIII

Depois da volta, dia a dia, para tentar encontrar a mulher da viagem, esgotei todos os contatos. Como não a via, imaginava que estaria escondida dentro de alguma outra. Mais procurava, mais ela desaparecia, maior era o nojo por seus corpos inúteis, repugnantes em suas máscaras de alegria, jogos de quem precisa se dar e frases de quem não vale nada. Me irritava, comigo mesmo, que não se contaminassem pelo meu desprezo. Não admitia que não tentassem, pelo menos, imitar a indiferença que ela mostrou ao se despedir no aeroporto, levando as malas para outro carro. Não quis nem economizar o preço do táxi. Como me deixou entrar no primeiro carro, aquele em que iríamos juntos, nem tive sua última imagem, a que seria pelas costas. Quem saiu antes fui eu.

IX

Me enganei completamente ao decidir não machucá-la durante a viagem. A escrita, quando a conto, não é, não será, nunca, violenta como seria meu tapa em seu corpo, em qualquer lugar dele. Se a marcasse, na volta, ambos poderíamos ver algum resto da sombra da raiva. Por covardia, trocávamos a impotência da fúria desfeita por uma mímica de carinho. Pelo menos, era assim quando na cama ou em qualquer outro lugar do quarto, bêbados de tudo. De álcool, de tédio, de desejo, de alegria de estarmos juntos, de ausência de dor ou da dor do nada.

X

Sempre me soube ingênuo, porém, jamais tanto. Achava, continuo a achar, que naqueles dias, lá, resolveria a vida. Em tudo, a minha, a dela, a nossa. Não aceitava, ainda não aceito, que nem havia nada a resolver.

....

Nunca houve nada a resolver, de nenhum dos lados. Quando decidimos ir, já resolvêramos tudo. Era sem volta. Este foi o erro, insistir no hábito de voltar. Se soubéssemos nos acabar por lá, mortos ou vivos, sobreviveríamos a nós mesmos. Livres, um do outro, escaparíamos da grotesca tortura dos meses seguintes.

De horas a meses, tentei reviver alguns minutos daquela semana. Mesmo quando as unidades de tempo perderam seu sentido, insano, cheguei ao ponto de me forçar a retomar seu nome. Inútil, jamais escaparia de sua ausência, aquela de quem não se deixou acontecer, perfeita em seu disfarce da recusa. Ora, tudo em frações, ora, tudo inteiro demais. É por isso que valem seus desenhos. Sobreviveram porque esquecidos, podem ser resgatados a qualquer momento, mais reais e completos que seus momentos, nulos quando os vivíamos; agora, inegáveis quando suas imagens se impõem.

XI

Sem ela, mais tarde, lembraria de quase tudo que acontecera na semana. Mesmo os atos mais simples, como a compra dos óculos, valiam como pedaços de vida. Guardaria até as imagens dos cartazes do cinema próximo à ótica. Eram momentos em que estivera só. Ela ficara no hotel ou fora fazer alguma outra coisa. Se estivéssemos juntos, nada perceberia, nada notaria. Ela dissolvia a memória dos fatos antes mesmo que eles acontecessem.

....

Com ela, os dias não foram mais que um período de tempo. Mais uma vez, repito para não esquecer, vazios e banais como qualquer dia inútil. Se consumiam porque as horas passavam, sem vestígio algum. Informes, sem contornos suficientes, pura seqüência de momentos quase imperceptíveis, os dias não tinham onde se encaixar, impossível saber se entrariam nos ciclos da vida ou da morte.

......

Hoje, mesmo com toda esta distância, mesmo sem a pressão daquelas horas, ainda os revejo sem nitidez alguma. É impossível chegar a uma forma de classificar aqueles dias. Preferia esquecê-los de vez, mais do que já consegui. Impotente, deixei que ela e eles fizessem de mim nada mais que personagem secundário, aquele a quem cumpre o papel de espelho da dor.

....

Por não resistir à dúvida, se vivemos mesmo aqueles dias, é que me obrigo a tentar revirar seu espectro. Mesmo que arrisque a confirmar que ela aconteceu, tento reviver algum sinal seu. No final desta história, ficção da memória ou memória da ficção, a memória e sua ausência, uma contra a outra, talvez chegue a sinais capazes de, por si mesmos, me mostrar e apagar, em um único ato, tudo que não aconteceu, naquela semana, em Paris.

....

Ainda se houvesse algum desejo, mas não. Não tinha mais aquele prazer de macho, dono e homem, o dos primeiros meses. Aí me excitava com o próprio poder de ter uma tal mulher, a que abrira e valia o que exige. Não, lá, naquela semana, até se para fingir algum prazer tinha que anestesiar o desprezo. O vinho ajudava. Desde que em grande quantidade, duas ou três garrafas por noite, sempre me deixava acalmar com o prazer das mentiras.

....

Hoje, para ser justo, me retrato. Acima, inventei uma mentira, a de tentar me convencer de que não havia desejo. Antes dela, realmente não. Com ela é que o descobri. Assim como o carinho, antes, não o admitia. Os corpos anteriores foram culpa do instinto, puro ato de animal. Mais que macho, foi com ela é que descobri que podia me guardar, reserva exclusiva para seu corpo. Foi diferente depois. Seu peso de monolito, sólido e gigante, sem tempo, jamais destrutível, exigindo-me sempre por baixo, esmagou a ponto de me tornar irreconhecível, nada mais que um amontoado de fragmentos. Se soubesse que isto era amor, evitaria o ódio.

XII

Arremedos dos tempos que nem por inteiro voltavam, passageiros de labirintos, éramos aqueles que entram se sabendo condenados à volta. Entrar era, por lei maior, sair. E sair de vez, sem outra chance. Foram assim as duas vezes, a da ida e a de após a viagem, o rompimento junto ao táxi, no aeroporto. Parou tudo, se antes se arrastava, ali, a vida imobilizou-se. Me condenou ao fracasso, ao de não poder enterrá-la, ao de conviver com a certeza da dor.

XIII

Tentara ganhar a cumplicidade do tempo, recortá-lo à minha maneira, destruir suas marcas e seus registros. Acreditara que assim, com a viagem, ela se dissolveria, se fragmentaria e se enterraria, para sempre, em um lugar distante. O que sobrasse, se algo, não seria mais alguém, seriam suas imagens, sem nada dela, apenas os momentos, também banais, cenas sem personagens ou de personagens anônimos. Qualquer um poderia estar naqueles desenhos.

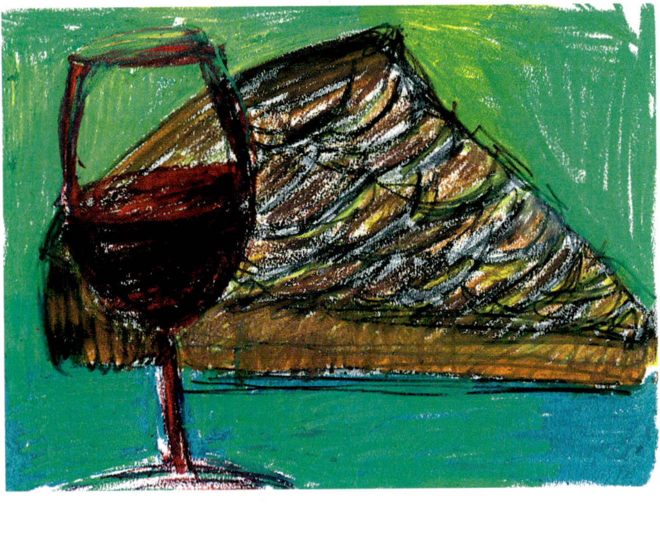

XIV

Como houvera o desejo, sabia que a possuíra na memória. Aí, ela perderia qualquer vida, se entregaria, sem chance de saída ou qualquer outra forma de escapar do esquecimento. De meu lado, como sobrevivi, também tinha que cumprir um castigo. Era o suplício de sua memória. Em troca da dor de sua presença, renovada cada dia, mas com o alívio de saber que acabaria, em qualquer minuto, ganhara a dor de sua ausência, mais que renovada, ampliada a cada dia, sempre inacabada, sempre a recomeçar. No futuro, a espera dos abraços de uma morta. No presente, o fracasso de não destruí-la. No passado, ela se enterrava mais viva que nunca, me fazia conviver com todos seus momentos de espera ou véspera de abandono.

XV

Antes de embarcar, quando aceitamos a idéia da viagem, mesmo sabendo que nos arriscávamos a ser suicidas, sabíamos que nada de mais aconteceria. Já nos acostumáramos à convivência com a dor, aquela de um contra o outro. No máximo, mesmo não sendo muito novidade, haveria a cidade. Suas ruas, seus museus, seus obeliscos, já os conhecíamos bem de outras passagens, sós ou juntos. Iríamos repetir os mesmos jogos de entrar e sair. Seria tranqüilo, a cidade cuidaria de nós, se ocuparia de nossos dias. Uma grelha de ruas e prédios prontos para nos proteger, capaz de evitar que saíssemos de nós mesmos. Nem precisávamos de tanto espaço. O quarto do hotel bastava, ou melhor, me assustava. Sabia que não teria como preenchê-la. Mas, com certeza, nem tentaria. Qualquer movimento de vida própria seria insuportável. Não teríamos, como nunca tivemos, ânimo para nada além da inércia. A rotina seria sair, chegar, voltar, nada além. E era demais, me surpreendia. Por ela, tudo se limitaria ao sair, o único movimento que conhecia.

....

A idéia de viajar nos abriu à convivência com o desespero. Antes, havia outras possibilidades, a começar pela própria obrigação de nos separarmos, todos os dias, válvula de escape. Desde o início da espera do embarque, não sei quantas semanas, até essa solução se tornou impossível. Pela viagem, não tínhamos outra alternativa senão nos agüentar, disfarçados de quem tem muito a viver juntos. Fingíamos que não era obsceno, aceitávamos que fosse decente. Perdêramos qualquer noção de limites. Como se desgovernados, nos convencíamos, não sei com qual argumento, de que não seria desgastante ou ultrajante, tanto quanto a vista do que o tempo faz com as pessoas, como faria conosco naquela semana da viagem.

A cada dia, menos vida, mais acabados. No final, quase espectros. Minuto a minuto, surgiriam novas rugas, mais peso, mais dobras na pele, corpos informes, ressaltos de gordura onde a pele antes era firme, músculos flácidos sobre ossos frágeis. Nela, naqueles pontos que usava para pegá-la, como os seios, não haveria mais onde segurar.

....

Nada disso nos importava ou contava muito pouco. A viagem nos arrancaria de nós mesmos. Pelo menos, daqueles que conhecíamos. Estaríamos em outra cidade, com outros nomes, outras roupas, em um endereço ainda indefinido. O lugar não nos reconheceria. Nunca nos registrara. Sempre passamos como estranhos, de ambos os lados. Ninguém nos reconheceria, nem nós mesmos. Aquela única pista confiável para nos identificar, o endereço, era absoluto segredo. Mesmo se já previsto, não o contávamos a ninguém. E, com certeza, ao chegar, iríamos para outro hotel. Tentávamos não deixar rastro algum daquela semana. Acreditávamos que se bem quietos e escondidos, a semana não existiria para ninguém. Se bem camuflada, além de irreconhecível, desapareceria, sem chance alguma de recuperar-se.

Talvez imaginássemos nos apresentar, no hotel, com nomes falsos. Seria a forma mais lógica, pois era bem assim que vivíamos, sempre falsos. E com a vantagem extra de nos trazer alguma excitação, aquela fácil sensação de novidade dos casais proibidos, amantes recentes, em hotéis de encontros rápidos, os que sabem se fingir de cúmplices capazes de tudo para não se deixarem descobrir.

Na saída, não deveria me esquecer de guardar uma cópia da ficha de registro, a pretexto de ser uma lembrança do hotel, túmulo daquela semana. Com restos similares, sempre repetira esta sádica mania de tentar me convencer de que, algum dia, algo acontecera. Com a ficha, talvez recuperasse o nome dela, ainda que sem certeza se falso ou não. Era indiferente, no fundo, mesmo se perdesse a ficha, não teria como negar alguma coisa daquela semana, não poderia eliminá-la por completo. Não a apagaríamos no tempo. Ele não se interrompera por nossa causa. Ao contrário, nos obrigara a viver, um a um, cada um daqueles dias, todos da mesma forma, hora a hora, sem nenhum intervalo.

XVI

Este capítulo, por coincidência, se fosse como nossa história, não existiria, desfeito antes de começar. Conosco também foi assim. Se alguma sobrevida tínhamos, antes da viagem começar, se acabou por completo, antes da primeira hora.

....

Esta história começou e acabou no mesmo momento, no início da noite de sexta-feira, nos mesmos horários. A passagem do tempo esmagava-se pela raiva e pelo cansaço.

....

Viver aos retalhos, decompostos, sem nem os vínculos do tempo, entre um fragmento e outro, é, no mínimo, cruel.

XVII

Mesmo na cama, nua, ao meu lado, minha mão sobre suas nádegas, era um corpo inacessível. Sem dono, imagem de todos, se podia vê-la, era porque, antes, a vira nos museus de nossos passeios diários, naquelas telas de mulheres largadas, pernas entreabertas, violáceas, como ela, sempre insaciáveis ou mais que saciadas, desafiantes em sua indolência.

....

A distância, naquela terra de ninguém em que ela nos prendia, me impedia de ir além de sua pele. Mesmo quando a tocava, para se oferecer, ela exigia que saísse de mim, me abrisse todo, me desfigurasse até o irreconhecimento, virasse imagem só dela, puro reflexo, sem outra alma que não aquela que era sua. Vazio, era quase nada. Quando comigo, ela estava com ninguém. Acho que era a única coisa que lhe dava prazer em mim.

....

Às vezes, quando escapava dela, tentava decifrar seus sinais. Insistia e insistia, seria impossível que não houvesse alguma brecha. Tinha de encontrá-la para entrar e implodir o desespero de sua dominação, disfarçada de entrega. Impossível, não via nada, ainda que soubesse dos estragos. Como ela mesma disse, um dia, nos viríamos como duas pessoas que, ao se cruzarem na rua, sem interesse algum pelo outro, nem se olham. Ou, se olharem, segundos depois, não se lembram do que viram, de mais nada.

....

O corpo inacessível, isto é, aquele ao qual não se tem acesso. Não precisaria escrever mais nada. Se, no máximo, quisesse um pouco mais de precisão, bastaria falar também de seus dias inacessíveis. Quando se aproximava, aberta, se permitindo alguma passagem, talvez por pura distração, seu real movimento era o de quem chega para se despedir. E tudo levar, evaporar qualquer lembrança. Nem se morta, não desapareceria tanto.

....

Desde que nos separamos, o tempo foi substituído por um sutil pesadelo, um daqueles onde a morte parece acontecer, mas não acontece. Até seria bem-vinda se viesse para nos aliviar, um do outro. Acho que é isto que tento contar no fracasso desta história.

....

Aquela semana seria muito mais fácil se uma morte, a dela ou a minha, viesse resolver algo. Não veio. De meu lado, infelizmente, não havia ódio suficiente para executá-la, como há muito deveria ter feito. Nela, a neutralidade era tanta, nulidade é palavra melhor, que nem se em um pico máximo de fúria, nem como direito, nem como dever, não teria impulso nenhum, muito menos o de matar.

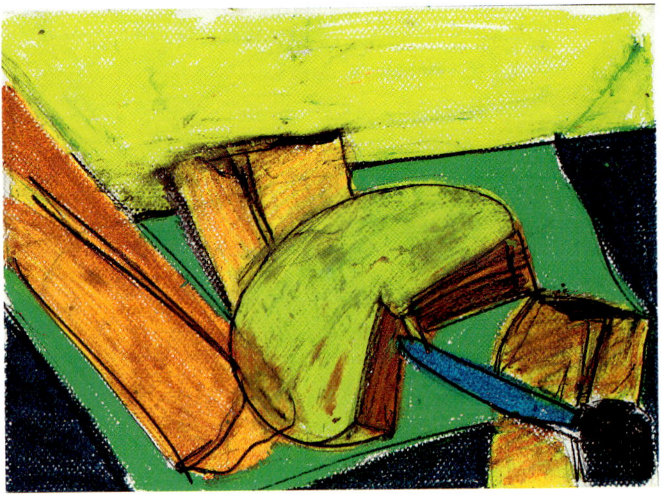

XVIII

Daqueles dias, como se viu até aqui, pouco me sobra. Se acabaram como a noite de ontem. O jantar e suas conversas sumiram na amnésia da mistura de bebidas. Não há como recuperá-los ou reencontrá-los. Dizer que os vivemos é absurdo. O certo seria, talvez, dizer que os matamos. Os desenhos restam, como seus esqueletos, arrancados das covas da memória.

Literalmente, foram dias perdidos, tanto quanto os anos que os precederam. Nunca houve nada além da perda, das perdas, das sucessões de perdas. Sempre foi a sua marca. Desde o início, quando apareceu para desaparecer três dias depois, ela veio com uma única condição, a de que a perdesse, sem nenhuma alternativa.

....

Olho em volta, nesta casa onde morou até a véspera da viagem, não há mais nenhum sinal dela. Ou melhor, as marcas que restam são os objetos pequenos que esqueceu ou as coisas que não quis mais, deixou-as para mim, como esmola ou por preguiça de buscar. A máscara que usaria no Carnaval poderia ficar para qualquer outra. Permanece no seu lugar inicial, amarrada no cordão da persiana. Nem sei se realmente era dela, talvez já estivesse lá esquecida, antes. É bem provável, senão também desapareceria.

Queria que sobrevivesse, porém, em breve, apesar de minha agonia, a da luta para que não se misturassem ao resto da casa, aquelas sobras seriam absorvidas pela desolação daqueles espaços sem dono, sem imagem alguma.

....

As pistas daquela semana, mais que frágil e difusa, de fatos sem seqüência, senão inexistentes, quase não reaparecem no que sobrou nos desenhos a bastão de óleo, aqueles que ela ontem reclamou de volta, nos rótulos arrancados das garrafas de vinho, perdidos em meus cadernos de anotações, na pedra da calçada do Louvre, pedaço de granito que poderia vir de qualquer outro lugar. É um túmulo em miniatura, metáfora dos olhares daqueles passeios, pétreos como as conversas que não acabavam, horas e horas de falar, sem escutar o outro.

....

Aqueles objetos, espalhados como um quebra-cabeça defeituoso ou um brinquedo de armar cujas peças também não se encaixam, se reunidos, não ocupam mais que a superfície de minha mesa. A pedra está no centro. Os rótulos, no lado esquerdo. Os desenhos, à véspera de serem devolvidos via correio, preenchem a outra metade. No meio, junto à pedra, tento espalhar alguns outros papéis da viagem. Contas de restaurante, tickets de metrô, cartões postais, reprodução de quadros, folhetos de excursões. Não os distingo. São iguais aos que já juntara em qualquer outra viagem.

....

O ciclo de sua invisibilidade se completou quando joguei as fotos no lixo, na rua, antes de abrir os envelopes lacrados no laboratório de revelação. Nunca vi as fotos. Se as visse, não sobreviveria. Me condenaria a jamais escapar de suas imagens, seu tempo seria sempre a de sua presença, sem passado. Deveria ter sabido fazer o mesmo com os desenhos. Acho que não o fiz porque não me valiam nada, desnecessários. Neles, ela não aparecia, mais uma vez, imagem de sua ausência. O que mostravam de seu corpo e de seus momentos poderia ser de outra mulher.

XIX

Há semanas, desde o início deste texto, tento fazer uma lista de momentos da viagem, mesmo sem seqüência. Se chegasse neles, talvez tivesse o esqueleto de uma história. Desde o começo, sabia que chegaria a poucos, a algo mais que nenhum. No máximo, aos momentos em que passeava, os de minhas anotações em mesas de bares, quando ela não estava comigo. É por isso que, agora, desisto. Não adianta tentar me enganar em procurar ver se aconteceu alguma coisa naquela semana. Passamos por ela ou ela passou por nós, mais nada.

....

Aceitar este limite é uma dupla dor. À perda da mulher soma-se a perda do tempo da mulher, passado e futuro. É mais que sua morte. É a minha, a de meu tempo, também, com uma aguda desvantagem. Me condena a viver com ela ainda acontecendo, ou melhor, desaparecendo aos poucos. Se desfigura, como se deixasse tomar por imensas feridas. São os restos que deixo desaparecer. Porém, não me deixa esquecer que a culpa é minha. Sou o único responsável por esta lenta dissolução, sem álibi algum.

．．．．．．．

Naquela semana ou mesmo nas anteriores, durante muitas, ela era minha única mulher. Ela não permitia, por sua intensidade, que houvesse outras. E vice-versa, ainda que não saiba se mais ou menos, eu era seu único homem. Não nos separávamos para nada, nem para viver sem nos sufocar.

....

Lembro-me bem é daquele contínuo estado de letargia, lentidão e cansaço. Se ânimo havia é porque nela sobrava algum. Mas acho que para ela também, nada tinha foco, exceto quando se isolava para suas pesquisas, nas saletas dos museus. Tudo que vivíamos era turvo. Nitidez, apenas no torpor da raiva contra ela, contra sua culpa de estar ausente ou sempre em retirada. Ficava ainda mais nítido quando estávamos na cama. Aí, queria as coxas que não conhecia, não as que me dava, as que me recusava.

....

Agora, se algo sei sobre os momentos daquela semana, é a absoluta certeza de sua inexistência. É impossível que me esqueça de tudo. Se algo tivesse acontecido, no mínimo, de um ou outro fato teria que me lembrar. Se não sobra nada é porque não houve nada. As imagens das vitrines, as cenas de rua, as mesas dos restaurantes, o passeio no campo de trigo, qualquer outra cena, são as mesmas de outras viagens ou de outras mulheres. Iguais a milhões de outras, viagens e mulheres, minhas e de outras pessoas, não poderiam ser mais comuns ou vulgares. Banais é a palavra certa. Insignificantes como ela montava sua presença, antes, durante e depois da viagem.

....

Nenhuma outra mulher, porém, me deixou um tal vazio. Nisso, mais uma vez, ela se provou ser única e especial. Tanto que tentava vê-la como impossível ou inexistente. Foi o que tentei ao jogar as fotos na lata de lixo. Tenho certeza de que não perdi nada. Ou quase nada, perdi os filmes. Custaram caro, mas acreditava que valiam seu preço. Foi, mais uma vez, outra de suas armadilhas.

XX

Volto atrás, insistente e quase obsessivo. Durante horas, mais, há dias, tento recuperar alguma passagem interessante, um fato ou momento qualquer, capaz de negar minha opinião inicial sobre aquela semana. Impossível, não o encontro. Vazio algum, nada sobrevive a este esgotamento, nada aconteceu. Me confirma, nada mais banal que aquela semana em Paris. Nem chegou a ser perda de tempo. Ela mesma, parece que não existiu. Naqueles dias, houve um lapso, diferente de um intervalo ou uma parada. O tempo sumiu, se consumiu em si mesmo, ao avesso. Onde haveria uma passagem, houve apenas um cenário, daqueles onde os personagens não aparecem, onde as cenas acabam antes de começar.

....

É ridículo, não aprendo, ao tentar rever aqueles dias, recaio na mesma espera, absurda e grotesca, que surgiu, sem que alguém a desejasse, quando nos deixamos ter a idéia de viajar juntos. Nem que para nos livrar, em definitivo, um do outro, nada seria mais desprezível. Não importa que apenas por uma semana. Um dia ou mesmo uma hora seria mais que suficiente.

XXI

A perda do nome, jamais imaginara que enfrentasse tanta ausência. É curiosa, passa qualquer limite, não vem da distância, que nem tenho como medir, além do esquecimento. Vem do sumir de seu nome. Nem ele resistiu. Vem desta desconhecida perda da perda, da mulher e de seu nome. Desapareceu junto com seus outros restos. Demorou um pouco a mais. Mas, mesmo se tarde, se esvaiu. Me faz falta, como uma muleta perdida. Se sobrasse, ajudaria a apagar suas imagens, ou melhor, as dispensaria. Fluiu com elas, transparentes em excesso.

....

Não há mais nada de seu nome. É claro que suas iniciais na minha pele, as cicatrizes dos cortes que ela me obrigou a fazer, não vão sair nunca. Porém, podem valer para qualquer outro nome. Por coincidência, poderei chegar, de volta, a ele próprio. Será um acaso inútil. Não o reconhecerei.

Efetivamente, este, pelo menos, foi um esforço que deu certo. Começou logo após minha chegada em casa, de volta da viagem. A ficha de registro no hotel, a passagem de avião, a permanente dos museus, com atenção, separei tudo onde houvesse seu nome. Guardei tudo em uma caixa. Ainda tive dúvidas, durante dois ou três dias, se a jogava fora.

Nunca fizera isso antes. Nunca jogara fora. Sem saber se serviriam para algo, no futuro, sempre recolhia as pistas ou os pequenos restos dos fatos que marcavam minha vida.

Por aí é que resolvi qualquer dúvida anterior. A conclusão foi fácil. Entendi que ela não me marcara. Ou, se marcara, agora, era imperceptível. Daí ao ato fraco de jogar a caixa no lixo, houve apenas alguns passos, do quarto à lixeira na cozinha. Em seguida, dei outra busca. Talvez encontrasse algum sinal que antes não notara. Não encontrei nada. Recentemente, fiz uma nova busca. Com mais calma e paciência, sem a ansiedade das anteriores, novamente, não encontrei nada. Estava livre para trocar seu nome pelo de qualquer outra. Não havia mais nenhuma prova de que me fizera passar por ela. Era a primeira vez, ela não me obrigava a algo. Ela já não é mais ninguém, nem resto. Talvez, nunca fora.

Aqueles fragmentos se reduziram à poeira, a grãos invisíveis, a uma camada transparente que impregna os lugares onde ela poderia ter passado por mim.

XXII

Sem nome, sem corpo, sem voz, no início. Ou melhor, para ser mais preciso, antes do início, antes de nos conhecermos no atelier de um pintor. Ela era como é hoje, nada. Também como hoje, não estava em lugar algum. Sempre foi assim, mesmo presente, nunca deixou de ser o real da ausência. Sempre saindo, sempre sem chegar, era como hoje, mesmo se próxima, a própria distância. Nunca estava, nem perto, nem longe. Simplesmente, não estava. Se próxima, seria por manobra sua, a de sair antes de chegar, sempre igual, de passagem ou saída.

....

Enquanto estávamos lá, presos pelo quarto do hotel, sem alternativa para onde escapar, antes que o tempo a tomasse de mim, ainda a via. Ela se mostrava, exibia-se para mim. Adorava se fazer fotografar, com a certeza de que nunca veria as cópias. Mas, nada especial, fora do quarto, também se exibia para não importa quem, a todos. Ostensiva e obsessiva, queria todos os olhares, na rua, nos bares, em qualquer lugar.

Os exageros de seu corpo e de seus gestos, acho que era sua técnica para compensar o vazio de sua presença. Chegava a interferir na paisagem, pelo menos para mim. Não me deixava ver nada. Com certeza, o mesmo aconteceria com os outros. Não deixava que ninguém visse nada à sua volta. Era o único ponto de foco. E sabia fazê-lo sempre no momento mais errado. Falaria alto, quando eu estivesse lendo. Na hora de sair, mesmo se atrasados, se lembraria de telefonar, por alguma bobagem. Se vestiria, quando a quisesse nua. No momento do desejo, me recusaria a pretexto de atraso ou de um passeio qualquer, coisas como um beijo na praça, sem saber que era madrugada. Ou, ridícula, se viraria de lado, morta de sono. Também para dormir, depois de tê-la, quase à força, eu a imitaria. Nos confirmávamos que se ali estávamos era para nos esconder, um do outro, fechados no sono.

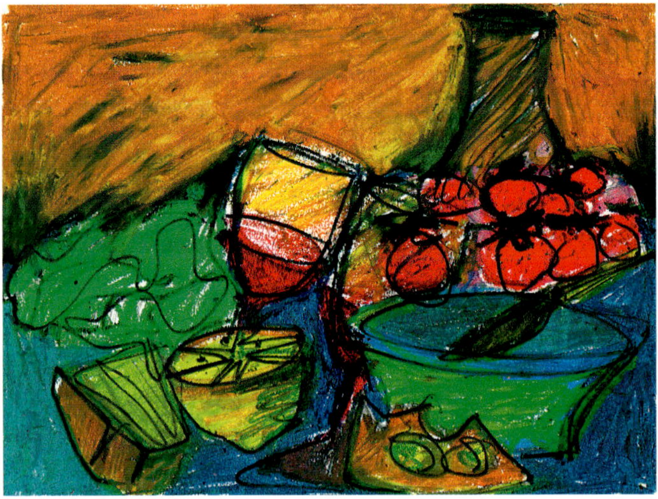

XXIII

Os dois, ela e eu, estivemos juntos, naquela semana, porque ninguém tinha nada melhor a fazer. É por isso que, lá, não fizemos nada. Aprendi com ela de tanto que tentava não existir, como se sua vida não conhecesse esse verbo.

Isso me ajudava a suportá-la. Se não existia, não incomodaria. Podia se exibir, quase não a notava, não incomodava. Os outros também pareciam não se atrapalhar. Por mais que a desejássemos, disfarçávamos, parecíamos demonstrar total indiferença. Mas tinham uma vantagem em relação mim. Com eles, não aconteciam as minhas falhas. Aí, era quando ela me dominava. Porém, quando vinha, já não era mais eu mesmo. Sumia, como ela, não era mais nada.

XXIV

As horas não existiam. Ninguém, vai me convencer nunca de que, naquela semana os dias também tinham vinte e quatro horas. Me pareciam infinitamente curtos. Se maiores que alguns minutos, não percebi. Se passaram, foi fora de nós, ao longe.

Da mesma forma, naqueles dias, a cidade imitou o tempo, deve ter se esvaecido, um duplo passe de mágica. As horas e os lugares desapareceram. Na verdade, isto é um pouco de exagero. Às vezes, reapareciam. Surgiam em pequenos momentos. Eu os registrava em um caderno preto. Talvez venha a aproveitá-los em algum texto futuro, se sobreviver ao fim deste aqui. Provam o estado de permanente saciedade em que ela me empurrava. Dentro e fora do quarto não queria mais nada, em absoluta repulsa. Era forte suficiente para que as recusasse, a ela e à cidade. Da próxima vez que voltar lá, com ou sem ela, não reencontrarei nada.

XXV

Nada, nem se a houvesse percebido, ela nunca foi. Nunca houve, nem haveria de ser. Se para algo, me valeu como experiência do nada, de viver pleno de vazio.

....

Ela não deveria ser. Não é só que não aconteceu. É mais: se perfeita, não aconteceria, nem como a véspera da morte. Depois dela, impossível sobreviver.

\Pelo que se conta, estivemos juntos por não sei quantos anos. Para alguns, seria muito tempo. Para nós, repito, foi experiência do nada. Passou, acabou, sumiu, desapareceu, qualquer verbo, desde que no passado, serve para ocupar seu lugar.

....

Parece que começou e terminou em viagens. A primeira, como pretexto, foi para tirarmos férias, na praia. Passávamos os dias ao sol. Sempre deitados, ela se recusava a andar. Ainda que lado a lado, quase não nos víamos pelo excesso de luz. Seu corpo, queimado pelo sol, sem marcas de sombra, nua como em praias anteriores, outras praias com outros homens, se confundia, volumes com volumes, com as pedras do canto de praia onde nos escondíamos. Não distinguia entre os redondos das rochas e os de suas coxas e nádegas. Seus seios pareciam ainda maiores. Quando os tocava, vazavam de minha mão, como ela toda. Com o passar dos anos, cresceram ainda mais. Me sufocavam, vazavam antes mesmo de serem tocados. Não tinha mais sinal particular algum. Sem que soubesse porquê, se por excesso ou ausência de sol, seu corpo era de uma cor única. Disforme, irreconhecível, igual em todos os dias, excessivo para minhas mãos.

．．．．．．．

Acho que é isto, seu saber sempre se esconder é o que me atraía. Me interessava como uma mulher qualquer que passasse na rua, de olhar provocador e formas interessantes, ausentes e indiferentes por dentro. Sem saberem a quem atraem. Algo como a sedução daquelas que, por qualquer coisa, se deixam fazer e fazem mesmo, não importa com quanto desprezo. Era como a tinha, com total desprezo, nada mais que uma coisa a ser largada. Mais uma que chega com um nome falso, como e quando eu a mandasse vir. Deita de bruços, sem mostrar o rosto. Depois, sairia enquanto eu ainda dormisse, derrubado pelo álcool. Quando acordasse, o desejo seria maior. Chamaria outra, não sei se ela ou uma qualquer. Viria para reiniciar o ciclo deste cansaço, o do puro desperdício.

XXVI

Durante as noites, se é que aconteceram no plural, ela estava lá, ao meu lado, sob a minha mão. Quase não se movia. Se acomodava quando avançava sobre suas costas. Jamais reagia, apenas deixava. Sabia que quanto mais inerte, mais provocava. Amplificava o desprezo a ponto de não saber se estava em alguém. Podia pensar que não era outra apenas porque, se fosse, me impediria, tal seu desgosto, não me deixaria entrar. Assim, naquela de ser uma qualquer, era diferente, cedia sem se mexer.

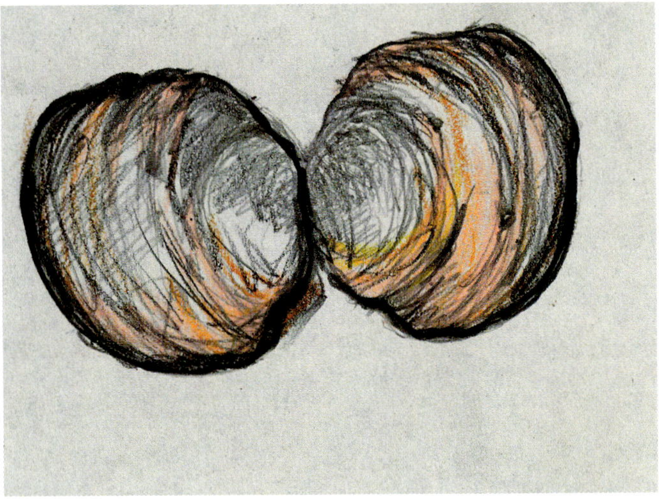

XXVII

Hoje, se de algo me lembro, vejo que tortura não era a palavra correta. Insuficiente, só se aproximava do terror daquilo que ela tentava comigo. Inferno é que seria uma palavra mais próxima. Minuto a minuto, todos eles, ela me sangrava como um animal de corte. Porém, apenas na aparência. Morto, o animal não devia sentir mais dor alguma. No meu caso, não. Elas, ela, a dor e a morte, me corroíam. Nada aliviava o que me fazia sentir de insuportável nas outras, algo como se quisesse me eliminar por exaustão, segundo a segundo.

Tento me reapresentar à essa sensação. É inútil,

ela não se deixa voltar, se recusa. Não sobra nem para que, se perguntado, pudesse contar algo sobre ela. Nada responderia. Se alguém afirmasse algo sobre o que acontecera, não comentaria. Se negasse, também não discutiria. Quanto ao resto, ainda guardo a imagem de suas pernas abertas, pura bobagem, fácil e vulgar.

....

Não, não falhei. Ansiei por este estado desde o início. Me permiti, atingi aquele ponto em que não se sente mais nada. Agora, espero me manter assim.

XXVIII

Não sei como sobrevivi. Pode ser porque, no fundo, mais que banal, aquela semana foi fácil. Não me aconteceu, nem a ela ou nem ela.

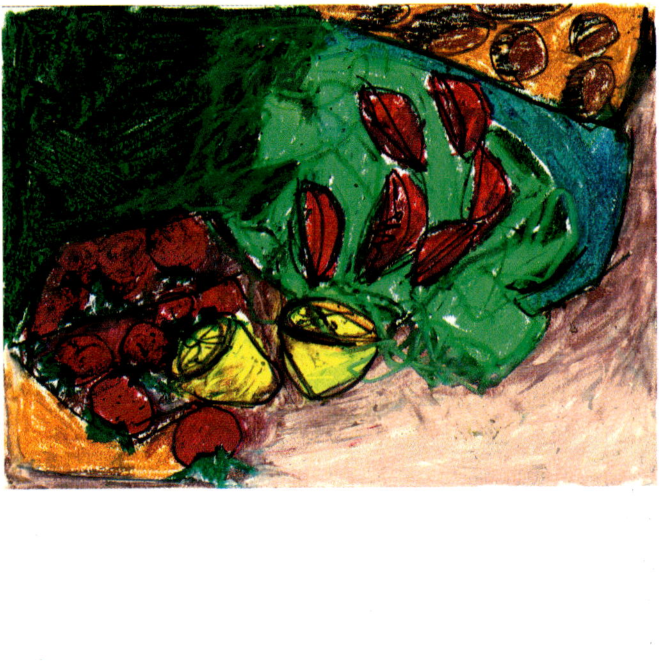

XXIX

Sempre na cama, largado de mim, como ela me largava, sobras das sobras, tento me arrastar. Impossível. Nem sei o que estou tentando. Nunca soube.

O quarto nunca foi tão escuro. Antes, mesmo se noite, sempre havia a luz do terraço. Vazava pelas persianas. Agora, não vejo nada. Sei que estou vivo, por acaso, pelos latidos dos cães.

....

Ela, não sei. Não me interessa. Sua ausência, porém, me causa tremores, não há como negar.

....

Quero distância. Quero acabar, sair logo desta febre que já dura não sei quanto tempo.

....

Lá, no quarto em Paris, não era muito diferente. Também não precisávamos nos vestir. Nus ou quase nus, comíamos sem nos olhar. Ela desenhava. Se conversávamos, de nossas conversas, não guardei quase nada mais que suas imagens.

Insisto, se não fosse pela prova de seus vestígios, não teria como acreditar que naquela semana estivemos em Paris. Dentro de algum tempo, quando estes restos também chegarem ao lixo, poderei descansar. Não mais precisarei me obrigar a acreditar, nem se acreditasse, em fantasmas. Ao acabar, ela não estaria mais lá.

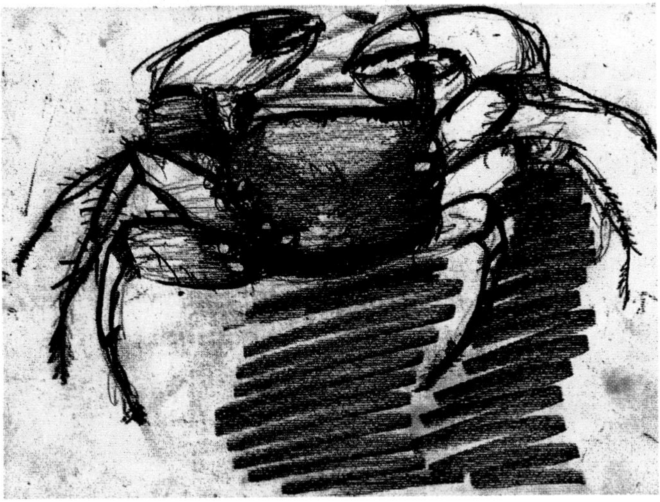

XXX

À parte a ficção, pior é a certeza de que, ao final, não estaria lá, saíra. Indiferente, como sempre, não parava de planejar a viagem que iríamos fazer.

F I M

Este livro foi impresso na
LIS GRAFICA E EDITORA LTDA.
Rua Felicio Antonio Alves, 370 - Jd. Triunfo - Bonsucesso
CEP 07175-450 - Guarulhos - SP - Fone. (011) 6480-4132
com filmes fornecidos pelo editor